Las historias más bellas de Papá Noel

Las historias más bellas de Papá Noel

Título original: Le più belle storie di Babbo Natale
Texto: Lorenza Cingoli
Ilustraciones: Elena Iarussi
Traducción: Xavier Solsona (La Letra, S.L.)
Adaptación española: La Letra, S.L.

Redazione Gribaudo
Via Garofoli, 266
37057 San Giovanni Lupatoto (VR)
redazione@gribaudo.it

Responsable de iniciativas especiales: Massimo Pellegrino
Responsable de producción: Franco Busti
Responsable de redacción: Laura Rapelli
Responsable gráfico y diseño: Meri Salvadori
Fotolito y preimpresión: Federico Cavallon, Fabio Compri
Secretaría de redacción: Emanuela Costantini

Impresión y encuadernación: Grafiche Busti srl, Colognola ai Colli (VR), empresa ceritificada FSC®-COC con código CQ-COC-000104

© 2019 GRIBAUDO - IF - Idee editoriali Feltrinelli srl
Socio Único Giangiacomo Feltrinelli Editore srl
Via Andegari, 6 - 20121 Milán
info@gribaudo.it
www.gribaudo.it

Primera edición: octubre de 2019
ISBN: 978-84-17127-46-6

Lorenza Cingoli

Las historias más bellas de Papá Noel

Ilustraciones de
Elena Iarussi

GRIBAUDO

Introducción

¿Sabías que Papá Noel también se llama Sinterklaas o Santa Claus? Efectivamente, en algunos países se le conoce con otros nombres. Aunque eso no importa mucho porque siempre se trata del mismo viejecito con barba, que viaja con su trineo para llevar regalos a todos los niños del mundo.

Esta antología recopila algunos de los relatos que explican esos nombres y también otras leyendas relacionadas con nuestro querido abuelo tripón. La historia de San Nicolás, obispo de Mira, el cuento del Abuelo del Frío, el mito de Odín, las fábulas traviesas de elfos y duendes... Son narraciones diversas que, entre copos de nieve, bolas de colores, renos voladores y presentes variopintos, harán vivir con emoción y encanto uno de los momentos más mágicos del año.

La historia de Nicolás

*N*icolás era un niño particular. Al poco de nacer, mientras los demás bebés pasaban el tiempo en los brazos de sus madres, él ya se tenía en pie. También parecía muy sensible, pues observaba todo con un extraño detenimiento, como si quisiera comprender todas las cosas que le rodeaban. Quizá por esa razón a menudo se distraía y comía poco. Lo más curioso, sin embargo, es que siempre dejaba de mamar el viernes, justamente el día en que muchos religiosos ayunaban. ¡Pero no podía ser que aquel crío conociera ya las reglas de la religión!

Sus padres estaban muy orgullosos de él, de modo que cuando se hizo un muchacho, lo llevaron a estudiar a un importante monasterio de Mira, en Turquía.

Con su larga cabellera castaña, los ojos vivos
y vestido con una simple túnica, un día Nicolás
estaba paseando por aquella ciudad cuando oyó
que dentro de una casa alguien se lamentaba
amargamente. Se acercó a una ventana y miró
hacia el interior. En una habitación con apenas
una mesa y una silla medio rota, un viejo alfarero
hablaba con sus tres hijas.

—Queridas mías, ya no estoy en condiciones de trabajar y no nos queda ni siquiera una moneda. Así que no podré concederos ninguna dote.

—Pero entonces no podremos casarnos nunca —se quejaron ellas al unísono.

Y es que en aquel tiempo, en el momento de contraer matrimonio era necesario intercambiarse grandes regalos. Las chicas solían aportar por lo menos un gran baúl lleno de sábanas y telas bordadas, que es lo que llamaban «la dote», precisamente.

Nicolás se detuvo un momento a reflexionar con la espalda apoyada en la pared, aplastado como una lagartija para no ser descubierto. «Debo hacer algo para ayudar a esta familia», pensó.

Después de cenar a toda prisa en el monasterio, al caer la noche el joven volvió a la pobre casa y echó una ojeada. Todos dormían. Agazapado y sin hacer ruido, se acercó a la ventana y, después de abrir el postigo, sacó una bolsita que llevaba atada a la cintura y la dejó en el interior. Inmediatamente, con el mismo sigilo que antes, regresó a su monasterio.

Al amanecer, cuando el viejo hombre se
despertó y abrió el saquito que parecía haber
caído del cielo, se quedó pasmado. Estaba
lleno de monedas. Había suficiente dinero
para proporcionar la dote a una de sus hijas.
Así que ese mismo día, la mayor de las hermanas
se desposó con un joven al que amaba. Se
celebró una boda preciosa, con canciones
y un alegre banquete.

Cayó de nuevo la noche y Nicolás se propuso repetir su donativo, con otro saquito de oro. Pero el alfarero quería saber quién era su benefactor y por eso había decidido mantenerse despierto. Sin embargo, ya fuera por el vino bebido durante la fiesta, por el cansancio o quizá por la emoción, su cabeza comenzó a balancearse hasta que se quedó dormido sobre la mesa. Solo entonces entró Nicolás.

Así que, al amanecer, la casa pobre se llenó
nuevamente de sonrisas, besos y abrazos. Con
las monedas del segundo saquito podía casarse
otra hija. Y así fue. La segunda también se unió
en matrimonio, y se celebró una gran fiesta que
duró hasta el anochecer. Pero esta vez el padre
tuvo una idea para sorprender al desconocido. Se
ató un cordón a la muñeca y lo anudó al postigo

de la ventana, de tal modo que cuando Nicolás
lo movió para entrar a dejar el tercer saquito, el
cordón tiró de la muñeca del anciano, que roncaba
sobre una silla.

—¡Al fin te conozco! —exclamó el alfarero
nada más despertarse, sobresaltado—. Dime
cómo te llamas, te lo ruego.

—Soy Nicolás —contestó él. Y se alejó
rápidamente.

En seguida corrió la voz de lo ocurrido por las calles del lugar y fueron muchos los que quisieron acercarse al monasterio para conocer al muchacho que había salvado de la miseria a las hijas del alfarero. Poco a poco, el monje Nicolás se convirtió en una persona famosa, querida y venerada por su generosidad, tanto que fue nombrado obispo.

Años después, la hambruna azotaba la ciudad de Mira y sus habitantes no tenían con qué alimentarse. Hasta el puerto entonces llegó un barco cargado de trigo y Nicolás salió corriendo hasta el muelle para pedir al capitán de aquella nave que repartiera el grano entre los pobres del lugar.

Pero el capitán respondió:

—No puedo. Debo llevar mi carga a la capital.

—Pero es aquí donde la gente tiene hambre —insistió Nicolás—. Reparte la comida.

A regañadientes, el hombre dio la orden de descargar su mercancía.

—¿Qué voy a hacer? Llegaré a mi destino con el barco vacío —se lamentaba. Pero cuando el capitán y su tripulación regresaron a bordo, se percataron de que las bodegas estaban llenas otra vez. Los sacos de trigo se habían multiplicado como por arte de magia.

En el muelle, Nicolás sonreía. Aquel
extraordinario milagro era obra suya. Ya no era
un muchacho, tenía el pelo canoso y una barba
plateada. Vestía una larga túnica blanca y roja y
entre las manos sostenía un bastón curvado.
    La fama de su bondad se había extendido casi
a todas partes y muchos esperaban que realizara

sus buenas obras, normalmente un poco antes del solsticio de invierno, hacia el 22 de diciembre.

Se dice que incluso después de morir continuaba llevando regalos a los niños del mundo. Sus presentes alcanzaban tierras muy lejanas, más allá de las montañas, hasta regiones muy frías. Allí fue donde lo llamaron San Nicolaus, Sinterklaas o Santa Claus, aunque se trataba siempre de la misma persona: el obispo Nicolás, también conocido como Papá Noel.

Un día
de elfo

_L_a aldea de Papá Noel, en el Polo Norte, estaba en plena ebullición.

Los elfos jugueteros trabajaban para crear, pintar y empaquetar miles de juegos destinados a los niños de todo el mundo. En la cocina, los elfos cocineros preparaban dulces galletas que perfumaban el aire. El fuego crepitaba en la chimenea e iluminaba la sala donde los elfos jardineros entretejían coronas de bayas rojas y agujas de pino. Al otro lado de una puerta que se abría al son de una campana, los elfos jóvenes asistían a sus clases diarias.

Porque entre las nieves polares también había una escuela. Allí se enseñaban los secretos fundamentales para poder ser un buen ayudante de Papá Noel. Juguetología era una de las materias más importantes que allí se impartían, pero también se estudiaba Magia élfica, Mantenimiento de trineos, Veterinaria para renos voladores, Cocina encantada, Meteorología navideña e incluso Geografía de los pueblos secretos.

Al elfo Pimientaverde le encantaba ir al colegio, porque quería ser algún día un gran ayudante. Sin embargo, a pesar de todos sus esfuerzos, no sacaba muy buenas notas.

Lo peor era la Numerología élfica. La asignatura gozaba de una gran consideración, ya que resultaba indispensable para los que querían ser elfos contables. ¡Era la pesadilla de Pimientaverde!

El maestro Carámbano siempre lo regañaba: le decía que se distraía demasiado y que un buen elfo tenía que ser cuidadoso.

Cada año se elegía un elfo para redactar la lista de regalos y cartas que le llegaban a Papá Noel, con sus direcciones correspondientes.

Y como la Nochebuena se acercaba, el maestro Carámbano envió a sus alumnos a ayudar a los elfos mayores en sus tareas. Ataviados con sus jubones, calcetines de rayas, zapatos y sus gorros de punta, los elfos esperaban su destino. Algunos eran enviados a la sección de juguetes, otros con los renos y el resto, a aparejar el gran trineo.

—Tú irás a pelar nabos y zanahorias —dijo el maestro dirigiéndose a Pimientaverde.

El pobre se disgustó mucho: allí, encerrado en la cocina, se perdería todo el espectáculo de la noche. Desanimado, se dirigió a su destino, con la mirada baja y la espalda encorvada, en medio de un incesante ir y venir de cocineros que preparaban enormes calderas de sopa para los habitantes de la aldea. Los elfos permanecerían despiertos hasta el amanecer y no podía faltar la comida caliente.

—¡El fuego se está apagando! Tú, pequeñín, ve
a por leña, deprisa —le dijo el jefe de cocina.

La leñera estaba en la parte trasera de la casa,
en una esquina del pueblo que daba al bosque y a
un espléndido lago helado.

Allí, bajo la luz plateada de la luna, Pimientaverde advirtió la presencia de alguien: un elfo estaba patinando en el hielo. Era Boladenieve, un tipo simpático, de mejillas sonrosadas y larga barba. Por un momento se detuvo a mirar a aquella figura que daba vueltas sobre la superficie: parecía ligero como una libélula.

Pero apenas apoyó la cesta de madera al otro lado de la puerta que daba a la cocina cuando Pimientaverde oyó un golpe seco. ¡El elfo se había caído! En seguida corrió a socorrer a Boladenieve, que estaba tendido en el hielo retorciéndose de dolor. Lo ayudó a levantarse y lo acompañó a su habitación.

—¡Ay, ay, qué daño! —se lamentaba el elfo patinador—. ¡Ya no podré ayudar a Papá Noel, qué desgracia!

—Ven, métete en la cama —le aconsejó Pimientaverde, tapándolo con las sábanas.

—Tengo una idea. En mi lugar, irás tú con Papá Noel —propuso Boladenieve.

—¿Yo? ¡No, no, yo no puedo! Tengo que regresar a la cocina —se excusó Pimientaverde.

—Vamos, hay muchos elfos por aquí que hacen de todo, nadie se dará cuenta de nada. Por cierto, tendrás que fingir que soy yo, y para ello te pondrás una barba postiza. Tengo una caja llena. Y una cosa más… Deberás acabar tú el recuento de las cartas.

—¿Cómo? ¿Tú eres el responsable de la lista de este año?

—Modestamente, sí —sonrió el elfo.

Pimientaverde estaba perplejo, no podía desempeñar aquella delicada tarea en lugar de Boladenieve, pero el elfo no quiso atender a razones:

—Confío en ti —afirmó.

Y así fue como Pimientaverde se encontró sentado frente a una montaña de cartas que llegaban hasta el techo. Tenía que contarlas, copiar los números en una lista y luego presentarse ante el jefe. Horas después, cuando la luna colgaba en lo alto del cielo, oculto bajo una barba postiza, llamó tímidamente a la puerta de Papá Noel. El buen hombre estaba acabando de abrocharse el traje rojo, que le apretaba mucho en la cintura.

—Caramba, he comido demasiado pan de jengibre este año —balbuceó Papá Noel.

—Señor... aquí tiene la lista —dijo tímidamente Pimientaverde, mientras desenrollaba el pergamino.

—¿Cuadran las cuentas? ¿Estás seguro?

—Creo que sí, señor.

—¿Sabes qué? Como quiero asegurarme de ello, te llevaré conmigo —concluyó Papá Noel mientras se ponía el gorro en la cabeza.

Parecía un sueño. Pimientaverde se encontró sentado en el famoso trineo resplandeciente, entre un montón de paquetes de todos los colores y formas.

Cuando Papá Noel tiró de las riendas para que los renos se movieran, el pequeño elfo sintió una

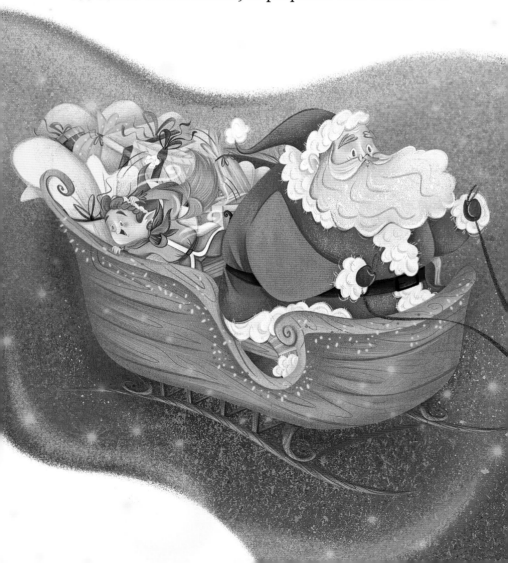

emoción irresistible. Al cabo de un momento estaban volando en el cielo lleno de estrellas, campanilleando por encima de pueblos y ciudades.

Pimientaverde miraba hacia abajo, veía tejados, rascacielos, campanarios… El aire gélido le azotaba las mejillas y se sentía feliz.

Durante toda la noche siguieron repartiendo regalos a los niños. Y en cada casa, Pimientaverde marcaba un nombre en la lista.

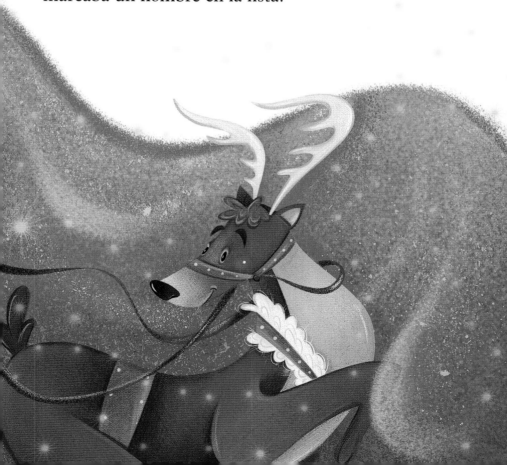

Pero una vez terminada la vuelta por el mundo, al bajar del trineo se dio cuenta de que ¡no tenía barba! ¡Seguramente había salido volando!

—Lo has hecho muy bien, hijo mío. Te llamas Pimientaverde, ¿verdad? —preguntó Papá Noel sin inmutarse.

—¡Uy! —se asustó el elfo al sentirse descubierto—. Pero entonces, ¿no estás enfadado conmigo?

—No, al contrario. Ha sido divertido y tus cálculos han sido perfectos. Tendré que decirle cuatro cosas al maestro Carámbano a propósito de Numerología, ¿no te parece? —Y se echó a reír.

—Gracias, señor.

—Ahora vámonos, es hora de desayunar, ¡una noche en vela da hambre! —concluyó Papá Noel.

La luz esmeralda de la aurora boreal iluminaba la aldea.

Odín,
el antepasado
de Papá Noel

*T*odos fueron niños, aunque al dios Odín nunca nadie lo vio de pequeño. Quizá nació ya mayor y grande, o quizá creció muy deprisa, no lo sabemos. El caso es que tenía el aspecto de un anciano guerrero.

Era alto y fuerte, tenía una larga barba blanca y llevaba un yelmo de oro decorado con alas de ave rapaz. Como era un dios, vivía en una casa muy especial, el Walhalla, un castillo encantado que se elevaba por encima de las nubes y cuyas paredes se habían construido con las lanzas, los escudos y las armaduras de valerosos soldados. Sentado en su trono, podía observar el mundo y nada de lo que ocurría entre los mortales pasaba inadvertido para él.

Dos cuervos, llamados Pensamiento y Memoria, estaban siempre posados en sus hombros. A veces aquellos pajarracos negros se alejaban y sobrevolaban la Tierra para observar el comportamiento de los humanos, regresar luego y contárselo todo a su dueño.

A Odín se le consideraba un dios muy sabio, pero para ello había tenido que realizar un gran sacrificio. Durante muchos años había buscado la Sabiduría por todas partes. Envuelto en una gran capa, apoyándose en un nudoso bastón, había cruzado montañas, ríos y bosques.

Un día se detuvo cerca de un árbol sagrado. Era un fresno gigante, tan alto que sus ramas tocaban el cielo. En los alrededores había un pozo, donde el árbol hundía sus raíces.

Odín miró hacia dentro y comprendió que había encontrado lo que buscaba: el agua del pozo era mágica; si bebía un sorbo de ella, obtendría la sabiduría que tanto deseaba. Estaba a punto de bajar el cubo cuando una voz lo interrumpió.

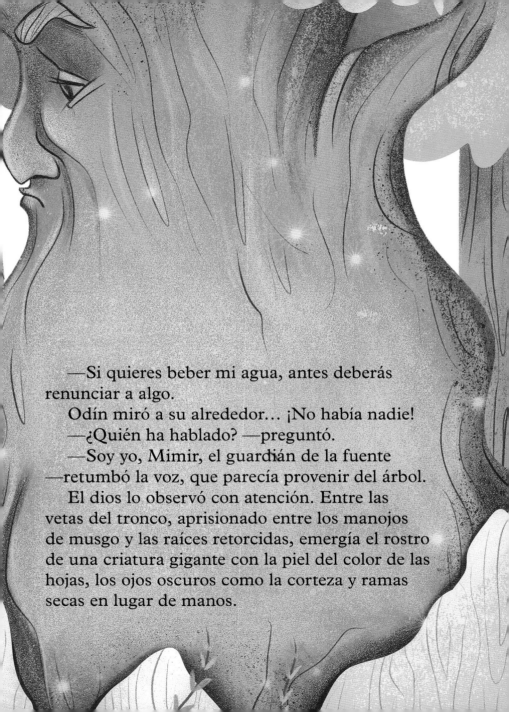

—Si quieres beber mi agua, antes deberás renunciar a algo.

Odín miró a su alrededor… ¡No había nadie!

—¿Quién ha hablado? —preguntó.

—Soy yo, Mimir, el guardián de la fuente —retumbó la voz, que parecía provenir del árbol.

El dios lo observó con atención. Entre las vetas del tronco, aprisionado entre los manojos de musgo y las raíces retorcidas, emergía el rostro de una criatura gigante con la piel del color de las hojas, los ojos oscuros como la corteza y ramas secas en lugar de manos.

—Tú... eres un gigante —balbuceó Odín con cierta inquietud.

—Podría aplastarte con mis brazos leñosos, pero quiero ser razonable. Puedes beber, si quieres, pero a cambio tendrás que renunciar a uno de tus ojos.

Odín se estremeció. El viento helado azotaba en su cara. Tenía que decidirse a toda prisa. No dejó que se lo repitiera otra vez.

—Muy bien, Mimir, haré lo que tú digas —declaró el dios.

Y así, Odín sacrificó un ojo para poder saciar su sed en la fuente encantada y convertirse en el más sabio de entre los dioses.

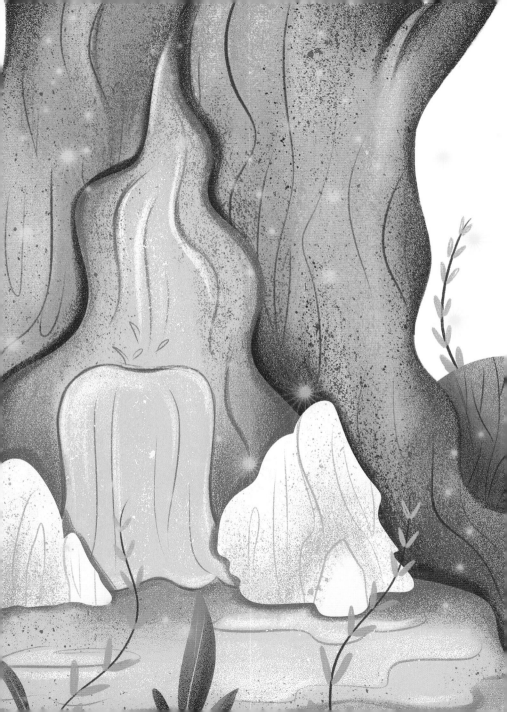

Para esconder el ojo que le faltaba, Odín se dejó crecer un mechón de pelo blanco que caía sobre su frente, pero incluso con un solo ojo tenía buena visión y nada se le pasaba por alto.

Siempre envuelto en su gruesa capa, fingía que era un mendigo y viajaba de un pueblo a otro para observar el comportamiento de los mortales.

A menudo se detenía en alguna casa hasta altas horas de la noche, explicando bellísimas historias frente al fuego. Los más pequeños adoraban aquellas narraciones apasionantes, llenas de aventuras, pero el misterioso anciano nunca se quedaba mucho tiempo en el mismo lugar. Se despedía de todos y regresaba al Walhalla.

A principios de invierno, cuando la tierra se cubría de hielo y en los pueblos del Gran Norte los días eran tan oscuros como las noches, el dios se preparaba para una batida de caza.

Se dirigía a los establos y enjaezaba a su fiel Sleipnir, un caballo gris dotado de ocho patas y capaz de correr más rápido que el viento. Cabalgando con su extraordinario corcel, atravesaba los cielos estrellados y sobrevolaba los pueblos sumidos en el silencio.

A veces aterrizaba en los tejados y descendía a través de las chimeneas para descansar en las casas que lo habían acogido bien cuando simulaba ser un mendigo.

¡Los niños lo esperaban con gran emoción!

Antes de irse a dormir dejaban cerca de la cama un zapato lleno de zanahorias, azúcar y forraje para dar de comer al fiel Sleipnir.

A la mañana siguiente, al despertar, se encontraban con una magnífica sorpresa. A cambio del alimento para su caballo, Odín llenaba los zapatos de dulces y pequeños regalos.

Algo parecido a lo que hace todos los años su famoso pariente: Papá Noel.

Rodolfo
Nariz Roja

*L*a niebla había caído sobre la aldea de Papá Noel. Era tan densa que no se veía nada a un palmo de distancia.

Los elfos iban con prisas, chocaban unos con otros, se perdían entre las callejuelas nevadas y ya no encontraban el camino a casa.

Papá Noel observaba por la ventana aquel extraño día de color lechoso: estaba preocupado porque faltaban pocas horas para partir con su trineo y si la niebla no se disipaba iba a ser muy difícil volar.

Bajó a las cuadras, donde sus amados renos estaban pastando su alimento preferido a base de musgo y líquenes.

—¿Todo a punto para el viaje? —preguntó al elfo Matorral, guardián del lugar.

—Sí, señor, los renos ya están preparados, los he cepillado bien y lucen un pelo brillante —respondió Matorral.

—Vamos a ver… Relámpago, Trueno, Danzarín,
Chiqui, Vondín, Cometa, Cupido y Juguetón, dentro
de poco partiremos, amigos —declaró el buen
hombre de barba blanca, mientras acariciaba a cada
uno de ellos. Después salió para comprobar cómo
estaba el cielo.

Pronto se dio cuenta de que la situación había empeorado y la visibilidad era aún más dificultosa. Pero, en cambio, advirtió algo insólito: entre los árboles cubiertos de nieve, inmersa en aquel humo gélido que lo envolvía todo, brillaba una luz roja, intensa y temblorosa como un fuego encendido.

—¿Qué es aquello? —preguntó.

—Oh, es Rodolfo, un joven reno, que siempre va por su cuenta —explicó Matorral.

—Pero... veo una luz.

—Es su nariz. Es raro, ¿verdad?

En efecto, Rodolfo era un reno especial. Porque su nariz, grande como una manzana, se encendía y se volvía incandescente, sobre todo cuando experimentaba alguna emoción. Esta característica le había traído muchos problemas. Los otros renos se burlaban de él y lo llamaban Nariz Roja, en tono despectivo.

El pobre Rodolfo estaba convencido de que era un bicho raro y se había convertido en un animal solitario.

Así que aquel día, cuando vio aparecer por
la puerta de la cuadra a Papá Noel, el corazón
comenzó a latirle muy fuerte y la nariz se le volvió
más roja que nunca.

Rodolfo sabía que aquella noche el trineo
dorado se elevaría en el cielo, dispuesto a
sobrevolar todos los países del planeta. ¡Cómo le
hubiera gustado cabalgar entre las nubes junto
a los otros renos! Pero eso no sucedería. Nadie
quería a Nariz Roja a su lado.

Mientras el joven reno se sumía en sus tristes pensamientos, Papá Noel se preparaba para partir. Metió los últimos juguetes en el saco, se lo cargó al hombro y caminó hasta el claro donde le esperaba el trineo.

No se veía nada.

Antes de localizar su medio de locomoción, el hombretón fue a dar con un pie contra un montón de leña, cayó rodando por un tramo de nieve recién caída y terminó con la barba enredada en una rama de abeto.

—¡Caramba, parece que no será una noche fácil! —refunfuñó mientras se acercaba al trineo, doliéndose de la espalda.

Al poco de despegar, surgieron nuevos problemas. En el aire, la visibilidad no mejoraba nada y los renos estaban muy nerviosos: cabalgaban dando tumbos, a riesgo de romper las riendas y acabar con todos los regalos por tierra.

Papá Noel miró hacia abajo, esperando orientarse a través del grueso colchón de guata que había formado la niebla. Nada. Era imposible llegar hasta las casas de los niños.

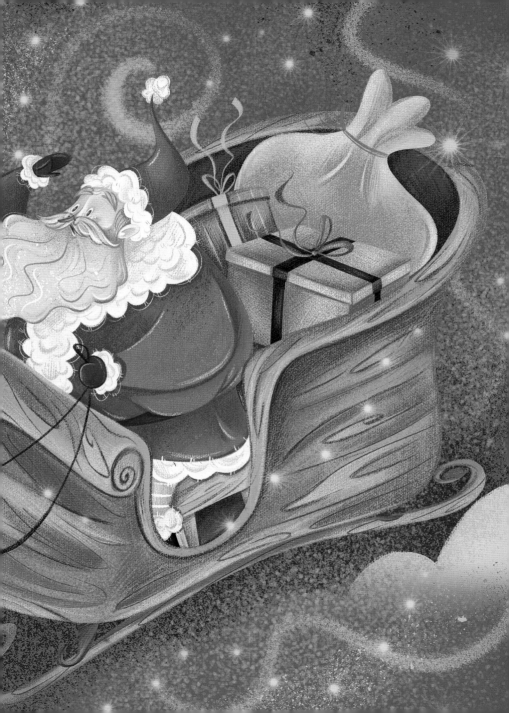

De repente, logró distinguir una luz que iluminaba el espacio a su alrededor. Espoleó a los renos y se dirigió hacia allí. Al llegar cerca del resplandor, advirtió que... ¡la luz era la nariz de Rodolfo, que brillaba como un faro en la noche! Se aproximó hasta el reno, planeando:

—¿Te gustaría venir con nosotros? —le propuso Papá Noel—. Te colocarás delante de los demás y así, gracias a tu prodigiosa nariz, encontraremos las casas de los niños.

Con la emoción, la nariz de Rodolfo se encendió aún más. El reno agitó los cuernos en señal de aprobación y, trotando, se puso delante de los demás. Poco después, el trineo alzó el vuelo campanilleando en la noche oscura. Nariz Roja iluminaba el camino.

Desde entonces, Rodolfo forma parte del maravilloso cortejo de Papá Noel. Los demás dejaron de burlarse de él y ahora todos, en aquella aldea del Polo Norte, lo consideran un héroe.

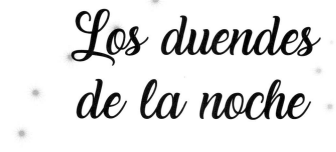

Los duendes de la noche

A veces, en los últimos días de diciembre, ocurren hechos extraños. El pan desaparece de la cocina, la jarra del agua se cae al suelo sin que nadie la haya tocado, el queso aparece mordisqueado y la tarta reducida a migajas. Todo esto solo quiere decir una cosa: han pasado los kallikantzari.

Piernas torcidas, patitas curvadas, cola erizada, mentón puntiagudo, enormes orejas, cara recubierta de pelos negros, ojos que todo lo escrutan… los kallikantzari no son nada agraciados. Pero por encima de cualquier otra cosa, son molestos y maliciosos. Así que, en cuanto aparecen, empiezan los problemas.

Una tarde, un niño que se llamaba Atanasio había preparado unas galletas de almendras. Las había sacado del horno y, orgulloso de su obra —desprendían un aroma buenísimo—, las había dejado en la encimera de la cocina para que se enfriasen. Las guardaba para comer con toda la familia al día siguiente. Así que el chico se acostó pensando en su dulce despertar.

Pero en mitad de la noche… cric… croc…
crac… oyó unos crujidos. Encendió una
vela y corrió hacia la cocina. ¡Qué desastre!
Desparramados por todas partes había trocitos de
galletas y también platos y vasos rotos, incluso un
saco de harina tirado por el suelo.

El niño se fijó mejor: en medio de aquella extensión de polvo blanco se podían distinguir unas huellas. Eran de patitas de largas garras.

«¡Han sido los kallikantzari!», pensó Atanasio muy enojado.

A la mañana siguiente, el niño preparó más galletas y esta vez las guardó bajo llave en la despensa, en lugar seguro. O, por lo menos, eso pensó él.

No contaba con que los kallikantzari eran muy astutos: haciendo palanca con una raíz torcida lograron abrir aquella portezuela y de nuevo se comieron todo. Además, esta vez tumbaron también el árbol de Navidad y las bolitas de colores quedaron hechas añicos.

Atanasio estaba muy afectado. Al anochecer se sentó en el exterior de la casa para ver brillar las estrellas en el cielo claro. De repente, como surgido de la nada, un anciano de barba blanca se acercó hasta él.

—Sé por qué estás triste —dijo—, los kallikantzari han estado por aquí.

—Ojalá desaparecieran —afirmó el muchacho.

—Lo sé, son fastidiosos, pero es bueno que en estos días estén entre nosotros —prosiguió el viejecito.

El hombre le explicó a Atanasio que los kallikantzari vivían en total oscuridad, en las entrañas de la Tierra, y que se alimentaban de las raíces del Árbol de la vida, el árbol mágico que sostenía el mundo.

Los kallikantzari lo picoteaban sin cesar hasta que subían a la superficie. Entonces, durante el tiempo en que cometían sus fechorías entre los hombres, dejaban de devorar el Árbol de la vida y así la corteza tenía tiempo de regenerarse y el árbol podía seguir vivo.

—Así pues, ¿tenemos que soportarlos a la fuerza? —preguntó Atanasio, contrariado.

—Me temo que sí, pero podemos intentar mantenerlos lejos de las casas —afirmó el viejo.

—Pero ¿cómo? —se desesperó Atanasio.

—Sin duda, encontraré el modo de hacerlo —aseguró el anciano.

Al día siguiente, mientras preparaba la masa para elaborar más galletas, Atanasio reflexionó. ¿Qué había querido decir el viejo de barba blanca?

Se hizo de noche y llegó la hora de ir a la cama. En la chimenea quedaban algunas brasas y, al lado, un montón de leña preparada para encender el fuego por la mañana.

El niño cogió la vela y se disponía a subir las
escaleras hacia su dormitorio cuando, de repente,
una racha de viento abrió la ventana de par en par,
la llama de la vela se apagó y la casa se quedó a
oscuras. Justo entonces, Atanasio oyó unas risitas:
¡eran las voces de los kallikantzari! Los duendes
se acercaban y él se había quedado en mitad de la
oscuridad...

¡Oh! Fue entonces cuando se acordó de las palabras del viejo: «Los kallikantzari viven en total oscuridad». ¡Claro! Odiaban la luz y esperaban la noche para actuar. ¡Por fin sabía qué hacer!

Pero las voces se oían claramente. Muy pronto los duendes entrarían en la casa para provocar nuevos estropicios. Atanasio tenía que actuar con rapidez.

Tomó un poco de paja y la puso en la chimenea, y después levantó el tronco de leña más grande. Pesaba mucho y el niño se balanceó, a punto de caer. ¡Rápido! Los kallikantzari rascaban la puerta con sus uñas afiladas. Con un último esfuerzo, Atanasio logró colocar la madera. Agarró un pedernal y lo frotó; saltaron pequeñas chispas que cayeron en la paja y esta prendió fuego. Se oyeron resoplidos, maldiciones y lamentos, pero al final se hizo el silencio. ¡Los kallikantzari se habían ido!

Atanasio permaneció durante unos segundos contemplando el crepitar de las llamas. Había mucha leña. Seguro que el fuego seguiría encendido toda la noche y protegería así la casa de los malvados kallikantzari.

Desde aquel día, Atanasio hizo lo posible por mantener siempre encendido un tronco y sugirió a los habitantes de su aldea que hicieran lo mismo. Antes de irse a la cama, miró hacia fuera. En el cielo brillaba la luna llena. Le pareció ver al viejo de la larga barba. Volaba en un trineo dorado y le decía adiós con la mano. Era Papá Noel.

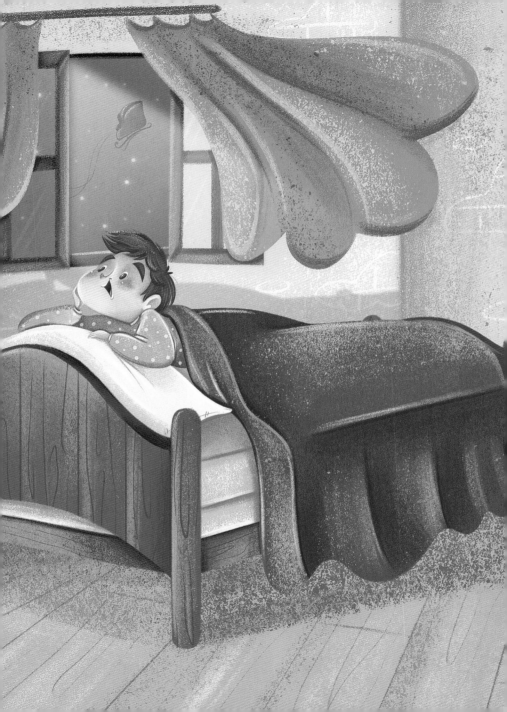

La telaraña resplandeciente

En los confines de un bosque, en una casita de madera, una mujer viuda vivía con sus dos hijos, Julia y Viktor. Un día de otoño, los niños jugaban y se perseguían, se escondían y se encaramaban a los árboles, de los que cogían pequeñas manzanas dulces y crujientes.

Al llegar a un claro, vieron un joven abeto que había crecido entre árboles mucho más altos.

—Mira qué pequeño es —afirmó Julia, melancólica.

—Sus ramas todavía son frágiles. Dentro de poco llegará el frío y quizá no sobreviva —añadió Viktor.

—Tengo una idea —repuso entonces Julia—, podemos llevárnoslo a casa. Y en Navidad lo decoraremos como es debido.

—¡Sí! ¡Será nuestro árbol de Navidad! —concluyó Viktor.

Y, así, los dos niños excavaron la tierra que rodeaba al abeto, se lo llevaron con las raíces y lo plantaron en una bonita maceta.

Pasaron los meses y aquel árbol crecía cada vez más robusto, sus hojas eran de un intenso verde oscuro y aquí y allá fueron apareciendo pequeñas piñas. Los niños lo miraban orgullosos y se morían de ganas de que llegara la Navidad para adornarlo.

La madre, sin embargo, cada vez estaba más preocupada: el dinero se acababa y, con la llegada del invierno, en su pequeño huerto ya no crecía nada.

Eran pobres, muy pobres, y se estaban quedando sin nada. Para cenar siempre tomaban sopa de nabos, cebolla y una rebanada de pan duro.

Julia y Viktor trataban de ayudar como podían: iban a la fuente a buscar agua, recogían leña y ponían la mesa, pero el ambiente era triste. Y la Navidad ya estaba cerca.

En la casita vivían también tres arañas que
habían tejido su bella tela entre las vigas de madera
del techo. Se encontraban muy bien en aquel
rincón, y con sus ojitos negros observaban todo lo
que acontecía bajo su telaraña.

La más curiosa e intrépida de las tres decidió
darse una vuelta, así que extendió su hilo
transparente y descendió hasta posarse en las ramas
del abeto.

¡Era maravilloso balancearse entre
las agujas y las piñas! Así que la pequeña
decidió tejer allí otra telaraña.

—¿Te has vuelto loca? —dijeron sus amigas
desde el techo—. Te descubrirán y romperán
tu tela. A los humanos no les gustan las arañas.

Justo entonces, Viktor se acercó a las ramas y
llamó a su hermana.

—Julia, ¿has visto? Hay una pequeña araña aquí.

—¡Oh, su tela parece un encaje! —sonrió Julia.

La madre pensó que había que quitarla de en
medio, pero los niños le rogaron que no lo hiciera.
Al fin y al cabo, no molestaba a nadie, de modo que
la arañita pudo permanecer en aquel lugar.

Transcurrieron los días y llegó la Nochebuena.
La madre sentía una gran pena porque no tenían
nada para decorar el árbol. Hubiera deseado tanto
poder comprar festones y guirnaldas, pero ya no le
quedaba ni una sola moneda. Después de cenar lo
mismo de siempre, una sopa que cada día era más
aguada, los niños se fueron tristes a dormir.

—¡Cómo me gustaría poder ayudarles!
—suspiró la pequeña araña en el abeto.

—Son buenos chicos —asintieron las demás—.
Pero ¿qué podemos hacer nosotras? Solo somos
arañas.

—Claro que podéis hacer algo, y mucho
—refunfuñó una voz desde la chimenea.

¿Pero quién había hablado?

Tosiendo sin parar, un viejo de larga barba blanca descendió entre la ceniza del fuego apagado. Estaba cubierto de hollín y cargaba un saco en la espalda. Una araña pensó que lo había reconocido y otra confirmó que se trataba precisamente de Papá Noel, aquel al que los humanos también llamaban Santa Claus o Nicolaus.

El simpático hombretón dio a los bichitos una idea, para la cual tendrían que tejer sus telarañas durante toda la noche.

Ellas estaban sorprendidas:

—¿Y no se enfadará la mamá de la casa?

—Confiad en mí —las tranquilizó Papá Noel—. En la noche de Navidad suceden cosas maravillosas. Venga, vamos, mientras tanto yo me encargaré de los regalos.

Y así, mientras Papá Noel abría su saco y depositaba regalos a los pies del árbol, las arañas se pusieron manos a la obra. Corrían por todo el techo, se colgaban de las puertas y se tiraban de una rama a otra del arbolito.

Estaban tan absortas tejiendo que no se dieron
cuenta del prodigio que estaba ocurriendo: a
medida que tejían, las telarañas se volvían cada vez
más brillantes y pequeñas estrellas resplandecían en
los hilos, como multitud de piedras preciosas.

El viejo, levantando la mirada y observando
cómo centelleaba la habitación, las felicitó.
Después, se llevó el saco al hombro y desapareció
por la chimenea.

Al amanecer, cuando Julia y Viktor entraron en la cocina para preparar el desayuno, se quedaron boquiabiertos: largos hilos plateados adornaban la puerta, los muebles y el alféizar de las ventanas, mientras centenares de telarañas doradas relucían colgadas de las ramas del abeto.

—¡Es de plata de verdad! —gritó Viktor levantando un hilo brillante.

Julia, a su vez, tocó una telaraña:

—¡Es de oro de pura ley!

Desde aquel feliz día, la viuda y sus hijos no volvieron a ser pobres nunca más y vivieron sin preocupaciones; al contrario, gracias a aquel tesoro de hilos de oro y plata ayudaron a muchas personas que lo necesitaban.

Todos los años, por Nochebuena, colgaban adornos en forma de telaraña en el árbol de Navidad. En su país, todavía hoy los árboles se decoran con pequeñas telarañas doradas y plateadas, para recordar a las bondadosas arañas y sus mágicas telas.

El Abuelo
del Frío y
Nievecilla

$\mathcal{H}$abía una vez un campesino y una campesina que deseaban tener un hijo. Un día, su pueblo quedó completamente blanco después de una nevada y los dos decidieron salir de casa. Muchos niños estaban jugando a lanzarse bolas de nieve y se revolcaban en ella, reían y se perseguían.

—Esposo mío —dijo la campesina—, divirtámonos nosotros también, como cuando éramos pequeños.

Y fue así como empezaron a hacer un muñeco de nieve. Modelaron la silueta de una niña con una trenza muy larga, ojos profundos y mejillas redondeadas.

Una vez terminada, se detuvieron a observarla satisfechos. La niña de nieve les había salido muy bien, parecía real. ¡Qué bonito sería tener una hija así!

Cuando ya estaban a punto de regresar a casa
sucedió un hecho extraño. La niña abrió los ojos,
en su rostro de nieve se dibujó una sonrisa y dijo:

—¡Hola!

—¿Quién ha hablado? —preguntó la campesina.

—No lo sé, aquí no hay nadie —contestó su
marido, perplejo.

—Sí, estoy yo, Nievecilla —afirmó el muñeco
con voz cristalina.

La niña se quitó la nieve de encima y apareció
en todo su esplendor. Tenía el pelo del color del
trigo, ojos luminosos y labios rojos. Llevaba un
bonito vestido azul, botas de piel blanca y un
gorrito bordado con cintas plateadas en la cabeza.

Los campesinos creían estar soñando: ¡sus
deseos se habían cumplido, la niña estaba viva!

Nievecilla se fue a vivir con sus padres y se convirtió en una muchacha. A menudo pasaba los días en el bosque junto a su abuelo, un sabio duende de los bosques que se llamaba Abuelo del Frío, uno de los muchos nombres de Papá Noel.

Muy alto, con una larga barba blanca y ropa del color de la noche, el Abuelo del Frío tenía un bastón mágico. Bastaba con que lo alargara sobre algo —una hoja, una rama, un charco de agua— para que aquello se convirtiera al instante en hielo.

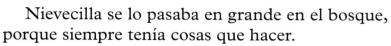

Nievecilla se lo pasaba en grande en el bosque, porque siempre tenía cosas que hacer.

El abuelo le había asignado una tarea importante: capturar pequeñas gotas de agua y entrelazarlas una a una, para así transformarlas en estrellitas de mil formas diferentes, como los encajes: los copos de nieve.

La muchacha lo recogía todo en una cesta y se la entregaba a su abuelo, que la felicitaba satisfecho. Entonces el viejo se encaramaba a la copa de un abeto gigante y vaciaba la cesta, dejando que el viento se llevara los copos. Así es como, en el mundo, empezaba a nevar. Pero en la tierra del Abuelo del Frío el invierno no terminaba nunca y Nievecilla empezó a tener deseos de viajar. Quería ver nuevos lugares.

Un día se aventuró más allá del bosque y cruzó
una llanura, hasta llegar a una región donde había
brotado la primavera.

Las ramas de los árboles repletas de flores se
mecían movidas por la brisa, un riachuelo de agua
cristalina discurría entre un prado. En el aire, el
canto de los pájaros parecía componer una melodía.

Acostumbrada al silencio del bosque de abetos, Nievecilla se quedó asombrada. Aquel lugar era extraordinario. Se detuvo a observar su propia imagen reflejada en el riachuelo, por donde pasaban peces y ranas. Y entonces se dio cuenta de que a su lado había alguien. Era un chico de su misma edad.

—No te he visto nunca por aquí —dijo el joven, que se llamaba Elio.

—Vengo del país del gran frío —explicó Nievecilla.

Los dos jóvenes se enamoraron perdidamente y pasaron el tiempo juntos bajo el cálido sol de primavera.

Nievecilla, sin embargo, estaba débil, su piel cada día era más blanca, casi transparente, y sus ojos habían perdido completamente el color. Se miró las manos y se dio cuenta de que empezaba a gotear agua de sus dedos.

—¡Te estás derritiendo, tienes que volver inmediatamente al frío! —le dijo el joven.

—No quiero dejarte —se empecinó la muchacha de nieve.

Pero no había más remedio; si quería salvarse, Nievecilla debía volver a la tierra de su abuelo. Elio la acompañó con su caballo y juntos llegaron al límite del bosque, donde el Abuelo del Frío esperaba a su nieta muy preocupado.

Nievecilla tuvo que despedirse de Elio y lloró lágrimas heladas. Había comprendido que no podría estar nunca con él: si no quería derretirse completamente, tendría que vivir para siempre en la tierra del hielo.

Desde entonces, la muchacha de nieve sigue trabajando y recorta encajes de copos de nieve para ayudar a su abuelo. Sus amigos son los zorros, los búhos, los armiños y los lobos esteparios.

Con la llegada de los últimos días del año, el Abuelo del Frío y Nievecilla recorren los pueblos para llevar regalos a los niños. De vez en cuando, la muchacha se distrae, pasea por las calles, esperando quizá volver a ver algún día a su amado.

Cuando su abuelo la llama, Nievecilla vuelve a su lado veloz como el viento y levanta un torbellino de hielo. Todo el mundo sabe que en los remolinos que se alzan en aquel vendaval se esconde la muchacha de nieve, envuelta en su capa de estrellas.

Misterio
en el
Polo Norte

Se acercaba Nochebuena, los renos rumiaban su merienda de musgo y los elfos descansaban después del largo trabajo. Pronto el trineo cargado de regalos partiría para viajar por todo el mundo.

Enebro, el elfo encargado de organizarlo todo, llamó a la puerta de Papá Noel.

—Es la hora, jefe.

No oyó respuesta alguna. Tímidamente, volvió a llamar. Nada. Sorprendido, el elfo se decidió a entrar.

En la habitación, el fuego crepitaba en la chimenea, una taza descansaba en la mesa, el sillón de terciopelo estaba colocado frente a la ventana, pero de Papá Noel no había ni rastro.

¿Dónde se había metido?

Pronto se propagó la alerta por todo el pueblo. Algunos decían haberlo visto andar por ahí, otros por allá. Los elfos estaban muy alterados.

De repente, Saúco, un joven compañero de Enebro, lo llamó.

—Fíjate en esas huellas, parecen las suyas y se dirigen hacia el bosque.

Así era: un rastro de huellas de botas se hundía en la nieve.

—¡Sigámoslas! —dijo Enebro.

Los dos se dirigieron hacia allí, inquietos y preocupados.

Los elfos no acostumbraban a adentrarse en pleno bosque, sobre todo porque allí vivía Baba Yaga, una bruja con un carácter de mil demonios.

Después de mucho andar, Enebro y Saúco llegaron hasta un claro donde se hallaba la casa de la bruja, un cuchitril de líneas torcidas que se sostenía sobre enormes patas de gallina y que, gracias a eso, podía caminar e incluso correr.

Al ver a los elfos, la casa-gallina dio un salto y emitió un sonoro cacareo.

Saúco y Enebro lanzaron un grito y estuvieron tentados de huir lejos, pero sacaron fuerzas de flaqueza y se quedaron quietos: necesitaban hablar con Baba Yaga.

La bruja apareció por la puerta; vestía con harapos y tenía el pelo alborotado.

—Por mil colas de lagartija, ¿quién es? ¡Una nunca puede estar tranquila en este bosque! —protestó.

—Eh... Ilustre Baba Yaga, te pedimos disculpas por molestarte —balbuceó Enebro.

La bruja saltó dentro de un gran barreño de madera, un objeto mágico capaz de volar, se acercó planeando a los elfos y los escrutó con sus ojos de fuego.

—Me molestáis mucho, sí, estaba preparando una pócima de raíces venenosas y me habéis interrumpido —refunfuñó Baba Yaga.

—¿No habrás visto por casualidad a Papá Noel? —preguntó Saúco, tembloroso.

—¿Aquel viejo engreído? Ah, sí, pasó por aquí. Dicho esto, la bruja se alejó volando.

—Espera, por favor, dinos, ¿te pidió algo?

—Déjame pensar… Ah, sí, una poción. Y ahora largaos, fuera, si no queréis que os transforme en musarañas —respondió mientras se alejaba.

¡Pum! La puerta de la casa-gallina se cerró.

Los elfos no se lo podían creer. ¡Papá Noel le había pedido una poción a la bruja!

Enebro y Saúco descubrieron que las huellas en la nieve proseguían por un sendero que llevaba al otro lado del bosque. Siguieron caminando y llegaron a una pequeña ciudad.

Las casas eran cálidas y estaban iluminadas, sus habitantes andaban atareados con los preparativos para la cena de Nochebuena: algunos cocían panes y dulces en el horno, y otros decoraban la mesa o encendían farolillos.

Sin embargo, Papá Noel no aparecía por ninguna parte. De repente, los elfos oyeron risas que venían de la plaza mayor. En torno a un gran árbol adornado había niños que jugaban con bolas de nieve. La batalla se intensificaba, las bolas salían disparadas de un lado a otro y todos corrían, entre resbalones y caídas.

En el grupo podía distinguirse a un niño vestido de un modo extravagante: llevaba un conjunto rojo demasiado holgado para él, y para no tropezar se había arremangado los pantalones y se había ceñido al máximo el cinturón para poder sujetar una chaqueta que le llegaba casi hasta los pies. Pero lo más increíble era que no llevaba zapatos. Dos botas, las inconfundibles botas de Papá Noel, permanecían en un rincón.

Enebro intuyó que se trataba precisamente de Papá Noel.

—Pero si es un niño… —murmuró Saúco, confundido.

—Sí… Quizá se ha bebido una poción de juventud —replicó Enebro.

¡Eso era justamente lo que le había pedido a la bruja! Con cautela, los elfos se aproximaron al niño de la ropa enorme.

—Jefe, somos nosotros —le susurraron.

Al ver a los elfos, el niño se rascó la cabeza y echó una mirada al campanario de la aldea, donde el reloj señalaba las ocho de la tarde.

—¡Es muy tarde! —exclamó.

—¡Por eso hemos venido a buscarte!

—Seguidme. Por aquí —murmuró el pequeño Papá Noel. Y se escondió en un callejón.

—¿Cómo vas a conducir el trineo durante toda la noche? ¡Eres demasiado pequeño!

—No os preocupéis, Baba Yaga me dio un antídoto —sonrió el niño.

Entonces sacó un frasquito del bolsillo y se tragó su contenido.

Bajo la mirada embelesada de sus ayudantes, el niño creció de estatura, la barba blanca le cubrió el rostro y sus pies se agrandaron lo suficiente como para poder calzarse de nuevo las botas.

Papá Noel volvía a tener el mismo aspecto de siempre.

—¡Viva! —gritaron exultantes Saúco y Enebro.

—Perdonad, me divertía tanto que no me di cuenta de que pasaban las horas —explicó el buen hombre.

—Estábamos preocupados. Cuando supimos
que habías pedido ayuda a la bruja, nos asustamos
muchísimo.

—Tenía muchas ganas de volver a ser niño por
una vez. Pero ahora estoy preparado, démonos
prisa —concluyó Papá Noel, y aceleró el paso.

Aquella noche los niños de la plaza contaron
una extraña historia a sus padres: les dijeron que
habían jugado con un chiquillo al que no habían

visto nunca que vestía unas ropas que le iban
enormes. Y las rarezas no acababan ahí: algunos
de ellos afirmaban incluso haber visto a Papá Noel
en persona, alto e imponente, caminando entre las
casas junto a dos elfos, con sus gorros puntiagudos
y los pantalones a rayas.

Al oír aquellas historias, los mayores sacudieron
la cabeza: sus hijos tenían mucha imaginación,
¡todo eso no podía ser cierto!

Jack Frost, por Papá Noel

En su oficina de correos, Papá Noel leía las cartas con los deseos de los niños. Un elfo se ocupaba de abrirlas una a una, cogiéndolas de una pila tan alta que casi rozaba el techo.

—Jefe, aquí sucede algo raro —declaró el elfo agitando una carta entre las manos.

—Déjame verlo —dijo Papá Noel. El hombre cogió la hoja y la miró frunciendo el ceño.

—Está completamente en blanco —determinó el elfo.

—Exacto. Solo se lee la firma: Isabel.

Una carta sin peticiones no era nada habitual, es más, Papá Noel no recordaba ningún otro caso antes de aquel. Se afanó en leer la dirección en el sobre.

El elfo le preguntó qué pensaba hacer y Papá Noel dijo que quería saber la razón por la que aquella niña no le había escrito nada. Entonces salió corriendo y subió la escalera de caracol de una torre. Desde allá se podían ver los alrededores y, sobre todo, podía llamar a voz en grito a su fiel amigo Jack Frost.

Vestido con una ropa entretejida de cristales helados, los mechones de pelo transparentes como carámbanos y los ojos claros vivaces y luminosos, Jack Frost tenía el aspecto de un muchacho, pero en realidad era un duende de los bosques que recorría montañas y valles llevando siempre consigo una paleta de pintor.

Con su pincel era capaz de hacer cosas extraordinarias: en otoño coloreaba las hojas de los árboles de rojo, amarillo y naranja, y cuando llovía pintaba en el cielo espléndidos arcoíris.

Jack también era un tipo bromista y a menudo se divertía congelando los charcos, con el riesgo de que la gente resbalara y se cayera al suelo de culo.

Pero el momento más bonito del año era sin duda el invierno, cuando se dedicaba a pintarlo todo de blanco y a hacer caer los copos de nieve. Así, en medio de la tormenta, su amigo Papá Noel podía volar por los cielos y aterrizar en los tejados de las casas sin ser visto.

—Jack, ¿dónde estás? Te necesito —gritó el hombretón de la barba blanca.

A su alrededor solo se veían abetos cubiertos de nieve y los tejados de las casas envueltos por una densa neblina. Anunciado por un viento gélido y una risa que resonaba en el silencio, al fin apareció Jack. Dando un salto, alcanzó la cima de la torre y se sentó cómodamente en el alféizar.

—¿Me has llamado? —preguntó.

—Tienes que hacerme un favor —dijo Papá Noel—, vuela por la ciudad hasta la casa de una niña que se llama Isabel y trata de descubrir por qué no me escribió nada en su carta.

Así pues, Jack partió en medio de un remolino de hielo.

Al llegar a su destino, se acercó a la ventana y miró hacia dentro.

El piso era grande y estaba muy bien amueblado, con guirnaldas navideñas que adornaban las puertas y un precioso árbol de Navidad con bolas de luces que iluminaba el salón. Y entonces vio a Isabel.

La niña estaba sola en una habitación llena de juguetes. Con expresión aburrida, observaba las imágenes que aparecían en una tableta, y de vez en cuando bostezaba y miraba a su alrededor con expresión melancólica.

«Por todas las tierras heladas, esta niña está muy triste. ¿Cómo es posible? ¿Quizá no escribió nada porque ya lo tiene todo? Seguro que habrá algo que desee», pensaba Jack mientras se desplazaba por el balcón, de una ventana a otra.

A Jack se le ocurrió una idea. Cogió su pincel mágico y lo pasó por los cristales, que se empañaron completamente. Llamó para atraer la atención e Isabel levantó la mirada de la tableta con aire de estupefacción. ¿Había alguien allá?

Pasando las yemas por el cristal, Jack dibujó una graciosa carita que sonreía. Isabel dudó un momento y después estiró la mano y esbozó también una carita, pero en su caso triste, con la boca hacia abajo.

El duende reaccionó rápidamente y le contestó escribiendo un signo de interrogación, como si quisiera decir: ¿por qué estás triste? La niña se quedó pensativa.

¡Qué situación tan extraña! ¿Quién era aquel desconocido que dialogaba con ella a través de la ventana?

Una voz la llamó:
—Isabel, ¿vienes a cenar?
Era su mamá.

«Qué mala suerte», pensó Jack. «Ahora la niña se irá y no podré descubrir nada.»

Pero Isabel contestó que solo tardaría un momento y se quedó en la habitación. Volvió a acercar la mano al cristal y, con mucho cuidado, dibujó una nueva silueta: un hocico en punta, orejas largas y nariz redonda en forma de cereza.

Jack sonrió. Ahora ya sabía el secreto de
Isabel, ¡lo había conseguido!

Jack regresó corriendo con Papá Noel
para explicarle lo que había descubierto: Isabel
no había tenido valor para pedirle el único regalo

que la haría realmente feliz, y por eso había enviado
una carta vacía.

—Veré qué puedo hacer —dijo el buen anciano.

Al anochecer, Jack Frost hizo caer la nieve sobre
la ciudad y Papá Noel cruzó el cielo con su trineo.

Por la mañana, la pequeña Isabel se despertó convencida de haberlo soñado todo. Sin embargo, al mirar por la ventana, observó que las caritas todavía seguían allí, y también el signo de interrogación. Todo era real. Oyó un ruido, como si alguien estuviera arañando la puerta y corrió a abrirla. Tumbado en la alfombrilla de la entrada, un perrito con el hocico en punta movía la cola alegremente. Tenía las orejas largas, la nariz en forma de cereza y un bonito lazo navideño atado en el collar. Isabel lo cogió en brazos. ¿Cómo había podido saber Papá Noel que deseaba tanto tener un cachorro?

Mirando a lo lejos le pareció distinguir a un muchacho de pelo transparente que le sonreía, le decía adiós y después se alejaba en medio de la nieve.

—¡Gracias! —exclamó Isabel en voz alta.

Ahora era verdaderamente feliz.

Santa Claus
y los demonios
del bosque

Era un invierno de hace mucho tiempo. En un pueblo de montaña la nieve cayó durante días y días sin descanso. La tierra estaba helada, en los huertos ya no crecía nada y los habitantes se quedaron sin alimentos.

Una tarde, varios jóvenes se encontraron alrededor de una hoguera y uno de ellos, que se llamaba Peter, tomó la palabra:

—En los pueblos de abajo todavía hay muchísimas provisiones de alimentos, pero sus habitantes se niegan a ayudarnos. No es justo.

—Tengo una idea —dijo Gregor, otro del grupo—. Disfracémonos de monstruos. Así, camuflados, asustaremos a nuestros vecinos y nos llevaremos sus provisiones.

—Pero con una condición —afirmó Peter—. No nos lo llevaremos todo, solo lo necesario para poder mantener a nuestras familias.

Todos estuvieron de acuerdo, exultantes.

Así fue como los chicos se apresuraron a recoger todo lo que les podía servir para confeccionar los disfraces. Rebuscaron en los almacenes, los sótanos, los desvanes y encontraron gruesas pieles para taparse, garras que cosieron a sus guantes y largos cuernos para ponerse en la cabeza.

Perfectamente disfrazados, se miraron unos a otros: ¡qué feos se veían! Parecían un cruce entre feroces lobos y machos cabríos.

Aprovechando la oscuridad, salieron de las casas y se aventuraron camino abajo. Al llegar a un pueblo, entraron en un almacén lleno de víveres.

El guardián dormitaba. Al oír los ruidos, abrió los ojos y empezó a gritar:

—¡Monstruos! ¡Qué miedo! —Y salió disparado, rápido como una liebre.

Contentos, los jóvenes llenaron los capazos con pan y algunos quesos enteros.

—¡Viva! ¡Misión cumplida! —exclamaron satisfechos.

Al día siguiente en el valle corrió la voz: se decía que los horribles demonios del bosque, llamados Krampus, se habían despertado.

Así, protegidos por sus máscaras, los muchachos siguieron durante varias noches irrumpiendo en los pueblos vecinos para llevarse algunos alimentos. ¡Reían, saltaban y se divertían un montón! Y se sentían muy útiles porque, gracias a ellos, las familias tenían algo para poner en la mesa.

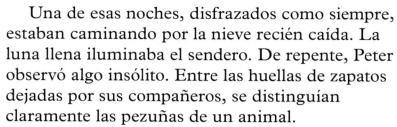

Una de esas noches, disfrazados como siempre, estaban caminando por la nieve recién caída. La luna llena iluminaba el sendero. De repente, Peter observó algo insólito. Entre las huellas de zapatos dejadas por sus compañeros, se distinguían claramente las pezuñas de un animal.

—Mira, Gregor —le dijo el muchacho en voz baja a su amigo—, son huellas de macho cabrío. ¿Sabes qué significa eso?

—Que entre nosotros se ha escondido un verdadero demonio, un Krampus —contestó Gregor, inquieto. Los dos trataron de comprender quién era el intruso, pero ahora la luna se había ocultado tras los árboles y la oscuridad lo envolvía todo. Era imposible distinguir las pezuñas del demonio de las huellas de los demás.

Al día siguiente Gregor y Peter se encontraron
a escondidas.

—Tenemos que interrumpir las expediciones, al
menos hasta que echemos al monstruo que se ha
escondido entre nosotros —declaró Peter.

—Sí, pero ¿cómo lo desenmascararemos? —se
preguntaba su amigo.

Justo entonces pasó por allí un extranjero
que se ayudaba de un bastón para caminar e iba
abrigado con una amplia capa.

El hombre dijo:

—Yo os ayudaré, no tengáis miedo. Esta noche
disfrazaos como siempre.

El sol se puso en el horizonte y los jóvenes salieron de las casas disfrazados como de costumbre. Enseñaban sus enormes dientes, sacudían los cuernos y caminaban dando brincos.

Como surgido de la nada, de repente apareció
el caminante y abrió los brazos.

Del extremo curvado de su bastón, que en
realidad era un cetro mágico, irradió un haz de
luz que se propagó sobre los muchachos. Sus
sombras monstruosas se alargaron sobre la pared
de una casa. Todas menos una.

¡Así era, uno de ellos no tenía sombra!

Los demás comprendieron en seguida que se trataba justamente del demonio del bosque.

Molesto por la luz cegadora, el monstruo se retorció, lanzó un gruñido de rabia y huyó. Desde entonces, ya nunca nadie lo volvió a ver.

Los jóvenes se giraron hacia el misterioso forastero que los había salvado.

El hombre se quitó la capucha y dejó al descubierto la larga barba y sus ojos claros, un rostro ya famoso en todas partes. Era Santa Claus, Papá Noel.

Todavía hoy, en muchos países del norte, durante los días anteriores a Nochebuena, al atardecer los jóvenes, disfrazados de demonios llamados Krampus, recorren las calles asustando a la gente con sus máscaras terroríficas, entre fuego, humo y ruido de cencerros.

Junto a ellos desfila también Santa Claus. El buen anciano de larga barba mantiene a raya a los monstruos y nos recuerda a todos aquella legendaria noche en que, gracias a sus poderes benéficos, consiguió derrotar a las fuerzas del mal.

Índice